U0052581

賣牛記

琦君——著
田原——圖

三民書局

童心與文情

——序琦君兩本經典好書

林黛嫚

曾有學者討論過文學史上的「留名」現象，所謂「留名」有兩層意義，一層是大家都能理解的「留名青史」之意，另外一層則是不留其文「只留其名」的意思。因為文學作品眾多，許多作家成為只能和創作性質接近的當代名家共同列名的「留名」作家，他所創作的篇章埋沒在浩瀚文字海中，大多不被人閱讀。回想廿世紀才過去廿多年，許多廿世紀的作家卻已經被遺忘，甚至連留名都不可得。

但是琦君的作品不只一個世代的人讀過，五年級❶六年級讀〈下雨天，真好〉、七年級八年級讀〈一對金手鐲〉、〈賣牛記〉，九年級

❶ 指民國五十年到五十九年出生的這一世代。餘此類推。

讀〈桂花雨〉，課本中選摘的作品之外，如《紅紗燈》、《橘子紅了》、《三更有夢書當枕》等書都是流傳甚廣的名篇，往往一個家庭裡父母與孩子甚至祖孫三代都是琦君的讀者。

琦君的作品能成為共同世代的閱讀書單，除了她筆端溫柔敦厚、真情流露，讓讀者輕易感受到人間的溫暖，更重要的是她寫出了時代的特質，人性永恆的良善，這種特質在廿一世紀科技發展，人類生活變化劇烈的時代更感彌足珍貴。

《賣牛記》、《文與情》兩本書中有許多故事呈現琦君創作的特色，典雅的文字、溫馨的風格，故事淺顯但餘韻深長。

〈賣牛記〉中主角聰聰與媽媽為了生活有許多無奈與妥協，媽媽要殺雞殺鴨，還把牛給賣了，只能將眼淚往肚子裡吞，不敢讓聰聰發現。雖然有了善心人的幫助，老黃又回到聰聰身邊，但聰明的聰聰總有一天會理解媽媽的苦衷。這樣的故事現在的兒童少年讀來，也許覺得時代久遠，農村鄉居、鵝雞牛羊，小火輪等交通工具似乎都在這一代孩子的生活經驗之外，但是人與人互助，大人小孩一起想辦法溝通觀念，找出合適的解決辦法，讓仁慈的心保有且持續發揚，這些道理卻是不會因時代變化而改變的。

〈老鞋匠和狗〉則是講鞋匠陳福因為愛心收養被遺棄的小狗阿黃，也因為幫多多照顧小花狗而結識了他的父親老張，小人物們發自內心的真誠與互助，讓三個人兩條狗成為一家人。故事中的人與狗都是那麼美好，或有人認為是不食人間煙火，卻也證明不管是黑暗或光明的時代，都存有真誠的人性。

《文與情》一書有多篇琦君的閱讀札記與生活雜感，也有像〈貝貝與螞蟻〉這類的故事小說，透過貝貝的想像，傳達大自然中人類與其他生物如何在生存競爭與和平共處之間取得平衡，平凡中見深刻。

如同琦君在〈文學的生活情趣〉一文，提到她自己欣賞文學作品的兩個層次，作品的美妙文辭產生的感情效果，以及由感情共鳴領悟到的道德含義。理性與感性，也是我們閱讀琦君經典的兩個層次。

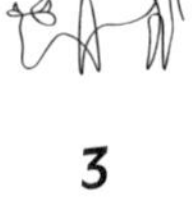

充滿了愛的仙境

冰子

三民書局重新出版了琦君的小說〈賣牛記〉和〈老鞋匠和狗〉。由我寫序實在不敢當此重任。但我重讀這兩篇小說後深受感動，覺得有許多話要說，就欣然動筆了。

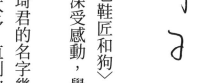

多年來，人們對琦君散文推崇備至，甚至譽為「琦君的名字幾乎就是現代散文的代稱」。而對她的小說認知和評論不太多，直到她的小說《橘子紅了》由「公視」改編成電視連續劇，轟動兩岸後，大家就連連稱讚，原來琦君的小說寫得也這麼好！

十多年前我認識琦君不久，她便贈我兩本小說集：《菁姐》和《錢塘江畔》。並幾次對我說，她的小說不比散文差。我那時正在美國新澤西州的《現代》週刊任總編輯，徵得她同意後，把《菁姐》分期連載，受到讀者熱烈歡迎，紛紛來信、來電告訴我，他們非常喜歡《菁姐》的故事情節，尤其文句之優美、典雅、動人，許多小說家是望塵莫及的。那時我曾想過，如果《菁姐》拍成電影，一定會催人淚下，感動天地的。

從琦君的作品創作年表來看，我們就會發現，原來她的早期創作是以小說為主。從民國四十三年，三十八歲時出版第一本散文小說合集《琴心》後，直到民國六十年她五十五歲時，整整十七年中，共計出版了小說集六本，散文集僅兩本。以後寫作雖以散文為主，但也出版了《橘子紅了》和許多兒童翻譯小說。可見琦君的小說成就實不亞於散文。

有人評論琦君的作品，「散文似綠野平疇，意境超越；小說若小橋流水，潺潺不絕」。「琦君的散文善於刻劃人物，在氣氛的烘托和渲染上，非常接近小說筆法」；而琦君的小說「卻往往有一個真實的人、事、物作為背景，寫來如行雲流水一般自然平順，不似一般小說的刻意製造的高潮迭起，具有一種空靈的美」。簡言之，琦君的散文裡有許多小說故事，而琦君的小說裡卻有無窮無盡的散文韻味。不論是散文是小說，琦君的永恆主題是「愛」。

我們在〈賣牛記〉和〈老鞋匠和狗〉中都能看到上述的特點。〈賣牛記〉情節簡單，講述了農家兒童聰聰不忍媽媽把朝夕相處的老牛阿黃賣掉，離家出走到城裡找回了老牛的故事。但在琦君的妙筆敘述下，娓娓動聽。描寫的江南農村晚春景色，如詩似畫；老老少少的五個人物：聰聰、媽媽、長根公公、花生米、張膏藥，個個栩栩如生，呼之欲出。而人與動物之間的愛的表達和交流更是震懾人心，掩卷而久久不能忘卻。其人、其景、其牛都是琦君自幼在農村生活熟悉的，所以寫起來如此得心應手。〈老鞋匠和狗〉裡的兩條小狗「小黃」和「小花」是琦君童年時的伴侶，家中小狗的寫照，老鞋匠對小黃和小花的愛心完全是琦君的真情流露。

兩篇小說中的人物和動物都是那麼美好，與今天人心不古、慾海橫流，道德墜落的社會相比，那故事裡的江南小村宛如不食人間

煙火的仙境。也許現代的一些讀者會懷疑小說中人物和情節的真實性。而這正是重新出版此書的理由。讓小說如一幅長卷的山水畫展示在人們面前，那個善良的牧牛童聽聽正騎在阿黃的背上，款款向你走近，講述過去的美麗童話，使你步入仙境，洗滌你的心靈，使你也變得如此純潔可愛，這正是琦君寫此小說的期盼。

《賣牛記》裡充滿了愛心：愛母親、愛子女、愛朋友、愛動物，使我們如沐愛河。正像琦君的所有作品，充滿了一個愛字，使你深深感動，嚮往那已不存在的江南小村，……。

正因為如此，琦君的作品必永遠流傳下去，不斷重新出版。

目次

賣牛記

一

這是大陸江南的春天，一個美麗的傍晚，柿紅色圓滾滾的太陽，已經從遠處深藍色的山凹裡漸漸地落下去。天邊抹著金黃和粉紅的雲彩，雲彩柔和的光影，撒落在繞山邊流去的粼粼溪水中，給人一種寧靜而充滿希望的感覺。勤懇的聰聰，還沒做完他一天的工作，帶著他的好牛阿黃去船埠頭。

阿黃已經在山腳下吃飽了青草，也在溪裡喝夠了水，在小主

人旁邊踏著方步慢慢兒地走。小主人舉著細細軟軟的竹枝輕輕揮動著。那根竹枝不是為打牠，而是為趕走牠身上的蒼蠅的。小主人是牠最好的朋友，他從來不打牠的。在聽聽想來，用竹枝抽一條不會說話而一天到晚默默地工作的牛，實在是太狠心了。他有時很想把套在阿黃濕漉漉的鼻子上的黃銅圈圈拿掉。可是他媽媽不許他這樣做，她說哪一家的牛鼻子上不套圈圈呢？好在阿黃和其他的牛一樣，套了許多年的銅圈圈，已經習慣了。況且小主人從來不使勁拉牠，他只要鬆鬆地一牽繩子，牠就會翹起脖子，向他走來，臉頰親熱地靠近

他的臂膀，用濕漉漉的鼻子碰他的手背。聰聰就雙手捧起牠的頭撫摸一陣，或是拉著牠的兩隻角左右晃動。小主人這樣和牠玩，牠是最高興的。牠也好像懂得工作和遊戲一樣，都會使牠健康快樂的。

聰聰和阿黃已經走到後山腳下，遠遠地卻看見一個小女孩，坐在溪邊的岩石上，紅短衫，綠褲子，褲腳兒拉得高高的，兩隻光腳伸在溪水裡。溪裡有三隻小白鵝在游泳，聰聰認得小白鵝好像是長根公公家的。小女孩看見聰聰和一條大牛，高興得向他咧開小嘴笑了。

「你是誰？我以前沒有看見過你嘛！」聽聽奇怪地問。

「我叫花生米。你呢？」小女孩說。

「花生米？我還是不知道你是誰呀。」

「我爺爺剛剛從城裡把我帶來的，因為我要來鄉下玩，玩很久很久。我們是坐小火輪來的，小火輪在河裡嘟嘟的往前跑，好好玩啊！」

「你說的是長根公公嗎？」

「是的，我爺爺說小孩子要到鄉下晒太陽，吹風，淋雨，纔會快快長大。」

聽聽記起長根公公曾經對他說過，他的小孫女兒跟著她爸媽住在城裡，直吵著要來鄉下玩。

「長根公公怎麼沒告訴我說你已經來了呢？」

「我媽不讓我來，是我自己硬要來的。」

「你今年幾歲了？」聽聽在她身邊坐下。

「七歲，你呢？」

「我十二歲，我姓劉，名叫聽聽。」

「劉聽聽。」她扳著手指頭算，「一、二、三、四、五，我比你小好多，那麼我喊你聽聽哥哥吧。」

「你為什麼叫花生米呢？你的真名字叫什麼？」

「我的名字是蓓蓓。我喜歡吃花生米，媽媽說我又白又胖，像剛剝出來的花生米，就叫我花生米了。」

「你爸爸媽媽一直住在城裡，不回鄉下來嗎？」

「哼，爸爸當老師，媽媽在家做活。爸要接爺爺去城裡，爺爺不肯。他說他願意在鄉下開雜貨店；鄉下的水好，空氣新鮮。爺爺還說鄉下的草和樹葉都比城裡的綠呢。」花生米很相信爺爺的話，她望著山上的樹枝，深深吸了一口新鮮空氣，覺得自己好像一下子更白更胖了。

「你來了正好，我要帶你玩好多玩意兒。」

「什麼玩意兒？你快說。」

「爬上山採山楂果，下水田摸田螺，還有釣魚，游泳。」

「太好了。」花生米高興得直拍手，「可惜過了夏天，我就要進小學念書了，爸說我已經長大了，該念書了。」

「你好運氣，有書念。我得幫媽媽做事，不能天天上學，只能抽空去鄉村小學裡聽聽，忙起來就不能去了。我想今年下半年去城裡考中學，媽媽也這樣打算。」

「你爸爸呢？」

「爸爸很早就死了。爸爸生病的時候，欠下很多的錢，所以媽媽得辛苦地工作，掙錢還債，以後還要給爸爸做個很體面的墳。」

「你真好，聽聽哥哥。」她回頭看看阿黃說：「牠是你家的牛嗎？」

「是的，牠給我們掙好多錢啊！我們的田，都為了給爸爸治病賣光了，只剩下這條牛，就靠牠天天幫我去船埠頭馱運東西到鎮上。還幫人耕田、運穀子、磨麥子、車水，掙點工錢。牠什麼事都會做，好辛苦啊！可是長根公公說，牠已

經太老了，快要做不動了。」

「那怎麼辦呢？」

「我不知道。旁人家牛老了就賣掉，再買新的；可是我媽是不肯賣牠的，牠跟我太好了。小時候，記得爸爸常把我放在牠背上慢慢走回家；現在爸爸沒有了，天天都是我和牠在一起。媽隔幾天就餵牠一碗雞蛋酒，讓牠補一下。」

「真好玩，牛還會喝酒，我以前一點也不知道。」花生米覺得腳伸在水裡有點冷了。剛要縮上來，卻見小白鵝游到她前面，用小紅嘴來啄她的腳趾頭了。她高興地喊道：「你

看，小白鵝一下就跟我要好了。我們城裡沒有養鵝，媽媽說院子太小，不能養鵝。爺爺說，等鵝長大了，殺一隻給我吃。」

「啊呀，你怎麼捨得把牠們殺了？你看，牠們已經跟你是好朋友了。」

「對了，我不要吃鵝肉，我把牠們統統帶回城裡去養著。」

遠處小火輪的汽笛聲嗚嗚地叫了。

聽聽站起身來說：「我要去埠頭運東西了。晚上我來看

你。」他去牽阿黃，阿黃青草吃得飽飽的，又去溪邊喝了幾口水，牠聽到輪船汽笛聲，知道工作的時間到了。

花生米看看聽聽手裡的書，問：「這是什麼書？」

「六年級國語課本。」

「你認得這許多字嗎？」

「好多是長根公公教的。」

「爺爺門牙掉了，媽媽笑他把花生米都說成了花新米。但是他好會講故事啊，今天晚上你來，我們聽他講故事。」

「好。」他們約定了，聽聽幫著把溪裡的小白鵝趕上岸，

正巧長根公公來找花生米，聰聰高聲地喊：「長根公公，晚上來聽你講故事喲。」

長根公公笑嘻嘻地點點頭，牽起花生米的手，看著小白鵝一字兒排在前面，搖搖擺擺地一路走回家。聰聰也高興地帶著阿黃去船埠頭上工了。

二

阿黃非常賣力氣地幫聰聰搬運小火輪上卸下來的貨物，可是來回兩趟以後，阿黃已顯得很吃力，而且快天黑了，不能再工作了。阿黃已經掙了不少錢，聰聰就帶著阿黃回家，放回牛欄。阿黃有點氣喘，聰聰抱一綑青草放在牠腳跟前，摸摸牠的脖子對牠說：「我去沖雞蛋酒給你喝，休息一晚上，明天你一定又有力氣了。」

阿黃雖然聽不懂小主人的話，可是牠對他說話的溫和聲音，和那一隻柔軟的手的撫摸，是感覺得出來的。牠的眼睛好像很感謝地看著牠的小主人，並用濕漉漉的鼻子去碰碰他的臂膀，聰聰是懂得牠親暱的意思的。

他走出牛欄，意外地看見矮胖的花生米雙手捧著一隻小白鵝來了。

「聰聰哥哥！這隻小白鵝是送給你的。」

「你怎麼知道我家住在這兒？」

「爺爺帶我來的，他在前屋跟你媽媽說話呢。爺爺說你

媽媽很能幹，讓我叫她大嬸。」

「你把小白鵝分給我，牠們一窩兄弟分開了，不是太寂寞嗎？」

「幾天就好了，我要牠跟你好。」

「好，將來生了蛋，還可以孵小鵝，我們的鵝就越來越多了。」聽聽的小心靈裡永遠是充滿希望的。

他走到離前屋不遠的地方，聽聽聽見媽媽在大聲和長根公公說話，那口氣好像在爭執什麼。聽聽心裡想，奇怪，媽媽是從來不這樣大聲說話的，這究竟是為了什麼事呢？他拉

福
積善人家
向陽門第

住花生米，停下腳步，站在窗外細聽。他聽媽媽說：

「沒辦法，長根公，聰聰爸的墳明年是一定要做的。到現在買墳地的錢還不夠，怎麼行呢？」

「我想法子幫你忙，大嬸，總之你可千萬別賣掉那條牛。」

賣掉牛？媽媽竟想賣掉阿黃？不會的。媽媽對他說過，無論如何不賣的。可是他又聽見媽媽說了。

「我也是捨不得呀，牠幫我們做了那麼多的事，況且又是聰聰爸生前親手買進的。但是阿黃已經老了，再不賣掉，萬一病倒，就一個大錢不值了，不如趁牠看起來還健壯的時候賣出去，也可拿回幾個錢啊。」

聰聰很想衝進屋去，攔住媽媽說，「媽，您不能賣掉阿黃；阿黃是我們最忠實的朋友啊。」可是他沒有這樣做。他想媽媽還只是和長根公公商量，長根公公會阻止她的，她一定也只是說說而已。無論如何，她是捨不得賣掉阿黃的。阿黃到了旁人家以後，哪會有人照顧牠這樣好呢？

聰聰拉了一下花生米說，「我們別進去，走，跟我去廚房裡沖雞蛋酒給阿黃吃。」

聽聽進了廚房，在鑵子裡拿出雞蛋，又在碗櫥裡取出碗來。這時，一不留神，手指一滑，碗掉在地上砸碎了。劉大嬸聽見聲音，進來問，「你怎麼了，聽聽？」

「我要給阿黃沖雞蛋酒，不小心砸了碗。」

「阿黃老了，補也沒有用了。」劉大嬸歎了口氣說。

「誰說的？媽，阿黃壯得很呢。」

劉大嬸沒有再說什麼，長根公公也進來了，他笑嘻嘻地說，「讓我來幫你。」

長根公公沖好蛋酒，聽聽和花生米一同跟著走到牛欄裡。

阿黃一看見那只碗，就知道是主人要款待牠了。事實上，牠並不喜歡那股衝鼻的酒氣和蛋腥味。可是牠懂得主人的好意；他們餵牠時，牠從來沒有拒絕過。現在，長根公公把碗送在牠的嘴邊，慢慢地倒進牠的嘴裡，牠就微微仰起脖子，大舌頭一舔一舔的，把它全嚥下去了。嚥下去以後，渾身一陣暖和，牠就會睡一個很好的覺了。他們想，如果阿黃會說話的話，一定會告訴他們，這個家好溫暖啊！

長根公公帶著花生米先走了，聽聽要吃了飯再去他們家聽長根公公講故事。吃飯的時候，聽聽顯得心事重重，只是

低頭一聲不響地吃著，不時抬頭偷眼看看母親。

劉大嬸本來就是個不喜歡說話的人，自從丈夫去世以後，她的話更少了。就是對唯一命根子聰聰，除了喊他三餐吃飯，叫他多穿點衣服，或是吩咐他做事以外，也很少有什麼話的。因此在聰聰心目中，媽媽是個不大重感情的人。她很少笑，也從來不哭。對於左右鄰居，雖然都是客客氣氣，卻也很少親親暱暱地談話。可是鄰居們沒有一個不誇媽媽好，勤勞吃苦，把聰聰撫養長大。他們都勸聰聰要孝順母親。聰聰自然懂得這意思，他決心要做個孝順的孩子，讓辛苦的媽媽後半輩子好好享點兒福。就是現在，他也從來不惹媽媽生氣的。

劉大嬸夾了一大塊雞肉，放在聰聰碗裡說：「吃嘛，很爛了，特地給你煨的。」

「媽，又不過節，您為什麼殺雞呢？」聰聰奇怪地問。

「一隻老母雞，已經不會下蛋了，可是吃起穀子來很費。」

聰聰不知再說什麼纔好。他總覺得雞老了，不會下蛋，就殺來吃掉，是不對的。他的意思是別殺牠，一直等牠自己死了，然後挖一個坑，把牠埋了。可是媽媽從來沒允許他這

樣做過。雞、鴨一隻隻都上了飯桌；這些雞鴨都是媽媽親手孵出來，親手養大的。看著牠們由小絨球似的，漸漸長成。他也天天早上把牠們放出籠子，晚上趕回窩裡。一把把穀子撒給雞吃，一盤盤飯和著田螺肉拌給鴨子吃。牠們一群群尾隨著他媽媽和他，怎麼會想到有一天媽媽會用刀割斷牠們的喉嚨，把牠們煮來給他吃的呢？想到這裡，聽聽看著碗裡那塊香噴噴的雞肉，再也吃不下去了。他總覺得大人們對一些事情的想法跟他不一樣。大人們很看重一樣東西的用處；沒有用，就不要了。有時候，為了錢，就把活生生的東西殺死，

或是賣掉。比如過年吧，媽就把辛辛苦苦養肥了的豬殺掉一隻，其餘的都賣了。他眼看著豬都是頭朝下，腳朝上的倒掛在貨車裡被人拖走，心裡好難過。可是他怎麼能阻止大人們這樣做法呢？家家都如此，而且媽媽說養豬養雞鴨就是為了過年用的，莊稼人哪家不養呢？聰聰儘管很愛吃肉，可是一想起殺豬時的慘叫聲，心裡就有些不忍。他在學校裡聽課，聽老師說要愛護一切動物，也不要惡意傷害昆蟲。長根公公說螞蟻、蜜蜂都是很有靈性的，不可以傷害。所以聰聰心裡充滿了仁慈，對於媽媽殺雞殺鴨一點兒不在乎的神情，有點

不明白。他不由得對媽媽說：「媽，花生米送我的小白鵝長大了，您可別殺喲！」

「誰殺你的小白鵝，不過你得看管好，別讓牠到處拉屎，髒死了。」

「我會管好的，」他又緊接著說：「您也不會賣掉阿黃吧？」

「你怎麼知道我要賣阿黃？」

「我好像聽見您在跟長根公公商量著要賣牠。」

「大人的事，小孩別管。」

「媽，千萬別賣掉阿黃，牠多忠心啊。」

「畜牲都一樣的，你養牠為了要牠做事，可是哪家的牛老了不賣呢？」

「可是您說過不賣的。阿黃是爸爸買來的，爸爸說要牠一直陪我的。」

「別說傻話了，快吃飯吧。你不是還要去長根公公家聽故事嗎？」

「媽，您一定不會賣掉阿黃的，是嗎？阿黃幫我們這麼多忙，牠還要掙錢給我上中學呢。」聰聰眼裡汪著淚水說。

「好，以後再說吧。你別管這麼多閒事了。」

「我只管阿黃這一件事，其他的都不管了。」聽聽聽媽媽似乎肯答應了，心裡也高興一點。三口兩口吃完飯，就跑去長根公公家了。那一大塊雞肉仍舊留在碗底，不知是他不忍心吃呢，還是急著要聽故事，沒心思吃了？

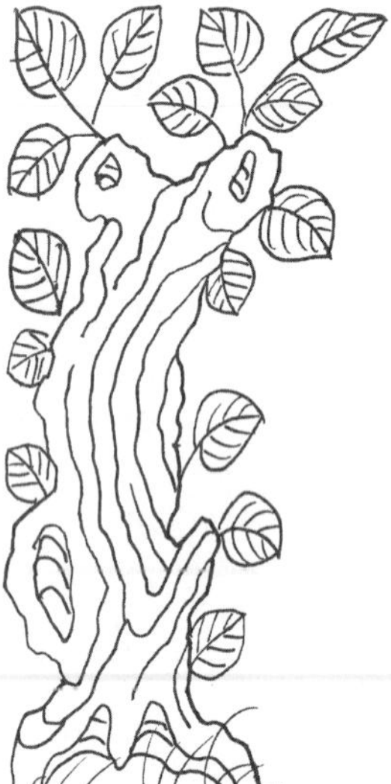

三

長根公公坐在竹子做的太師椅裡，把旱煙管在洋灰地上敲得咯咯地響，打算講故事了。花生米爬在他膝上，用小梳子梳他的鬍子，小腿兒踩得舊太師椅唏裡花啦的響。長根公公最喜歡坐這把椅子。冬天晒太陽時坐它，夏天乘涼時坐它，在前面店門口賣東西時也端了它去坐。他說坐在這把太師椅裡，聽著吱吱咕咕的聲音好打盹兒；給他們講故事時，也特

別想得起來。椅子的兩隻扶手被長根公公手上的汗油和煙油，抹得都轉成紫檀色了。長根公公打趣地說，這種古老的竹子顏色，比城裡那些桃花心木還值錢呢。他認為一樣東西用得越久，對它越有感情，就再也捨不得丟了。他這種脾氣，聽聽看來很有道理。對沒有知覺的東西是這樣，對有靈性的動物更不用說是有一份深厚的感情了。因此聽聽想起阿黃，想起長根公公剛才勸他媽媽不要賣掉阿黃的話，他不禁問道：

「長根公公，您想我媽會賣掉阿黃嗎？」

「你已經知道了？」

「哼，你們剛才說的話，我站在窗外聽見了。」

「我勸她不要賣，她會聽我的話的。」

「爺爺，大嬸要錢，我們借給她好了。」一直靠在他懷裡的花生米說。

「你有錢嗎？」爺爺笑著問她。

「我有，媽媽給我十塊錢，叫我給爺爺買桂圓紅棗吃。」

「好，你先存著，我要的時候，再跟你拿。」

長根公公用滿是皺紋的手，把旱煙管塞進一個藍布袋子裡，手指在外面一捏，煙裝滿了，聽聽給他點了火。他乾癟的嘴一吸一吸的，兩頰更凹進去，非常有趣。他只要一噴起煙來，故事就來了。伍子胥過昭關，昭君和番，桃園三結義，講了一個又一個。有的已經講了好幾遍了，聰聰聽來還是很有趣。他還從城裡買來一本《二十四孝》，講給聰聰他們聽。今晚他說他要講一個外國故事，魯濱遜漂流記。可是花生米喊道：「我不聽大人的故事，我要聽小孩子的。」

「小孩子的，那麼就講一隻狗和小乞丐的故事吧。」

「好，好！」

長根公公開始講了。

從前有一個小乞丐，帶了唯一的狗朋友阿花，到處流浪討飯吃。他討來的剩菜冷飯，無論多少，一定要分一大半給阿花吃，自己只吃一小半，因為阿花的飯量比他大。有時候他看阿花舔完了飯碗，還是歪著頭望他，他知道牠還沒吃飽，就把自己的一點又給牠吃了。阿花雖然聰明，卻不懂得小主人是餓著自己的肚子省下飯來給牠吃的。可是有時候，牠也會從垃圾堆裡啣回一塊肉骨頭，放在小主人面前，請他嘗嘗美味。牠卻不知道小主人雖然是個乞丐，究竟不能吃人們扔在垃圾箱裡的骨頭。他們時常整天討不到一點吃的，又冷又餓地躲在破廟裡。夜裡凍得睡不著，他就抱著阿花和牠說話；阿花就用牠濕濕暖暖的舌頭舔他的臉和脖子。他雖然肚子裡是空空的，但覺得有這樣一個好朋友寸步不離地陪著他，他心裡也就很安慰了。白天裡，天氣好的時候，他就在暖烘烘的太陽下面，教阿花做各種遊戲，啣紙球，跳高，鑽圈圈，站起來，躺下去，阿花會玩好多種遊戲。有時他們討飯到人家門口，小乞丐就叫牠玩起遊戲來，人家看得高興，也會扔給他們幾個錢。小乞丐非常感謝阿花的合作，就越加愛牠了。有一天，他們流浪到一個村莊裡，剛走進一條熱鬧的街道，

就看見一個大漢，拿了一根棍子攔住他們，嘴裡喊：「狗，不許牠過去。」阿花受了驚，一下子就咬了旁邊的人一口，把他的腿咬出血來。大家就大聲的喊，「瘋狗，瘋狗！攔住牠，打死牠！」阿花慌了，逃到小乞丐身邊；小乞丐一把抱住牠，向大家哀求著說：「請你們別打死牠，牠不是瘋狗，牠是我的小狗，我們剛剛路過這裡，我們馬上走就是了。」可是大家怒喊著：「不行，牠已經咬了人，一定是瘋狗。」原來這村莊裡剛出現過瘋狗，所以他們見了陌生的狗就要捉。他們一定要把阿花打死，而且說小乞丐是個小偷，要把他趕

出去。小乞丐哭著跪下來央求道：「我一定走，可是讓我帶我的狗一起走。」他們回答說：「由你帶走可以，但是一定要等我們把牠用槍打死以後，再給你帶走。否則連你也打死。」小乞丐聽了，知道無法反抗了，只得把心一橫說：「好吧，你們既然一定要把我可憐的朋友打死，我一定要陪在旁邊，看牠死去再帶走牠的屍體。」就這樣，村莊裡的人就用繩子套了阿花的脖子，拉到一個曠場上，一個壯漢用獵槍對著牠瞄準。正在這時，小乞丐大聲的喊：「請你慢一點，我要和我的朋友再親一親，和牠告別。」然後他急急跑去抱住阿花，在阿花耳邊喃喃地說了好多話，再摸著阿花的頭輕聲地說：「阿花，你不要怕，有我在，沒有人能傷害你的。你膽子大一點，只要聽我的聲音做就好了。」說完，他又跑到壯漢後面，看準了他正扳動槍機時，猛力把那人一撞，大聲地喊：「阿花，倒——了。」子彈飛出去了，阿花應聲倒地，壯漢得意地放下槍，和看熱鬧的一群人連頭也不回地散了，只留下可憐的小乞丐和被槍打死的阿花。小乞丐等眾人走遠了，急急跑上前去，伏在阿花身上，在牠耳邊低聲喊道：「阿花，我的寶貝，快起來，沒事了。」阿花一躍而起，原來牠並沒被槍打中，那壯漢因為被小乞丐推了一把，子彈射歪了，射在遠處一棵樹幹上。阿花呢，牠只聽小主人的口令，小主人喊「倒」，牠就馬上倒下去，動也不動，裝出死了的樣子。這一下竟騙過全村的人，小乞丐一分鐘也不敢停留，領著他那隻受驚的狗逃走了。

長根公公一口氣講完了小乞丐的故事，花生米和聰聰都聽得發呆了。過了半晌，聰聰追問：「長根公公，您說阿黃也有這樣的靈性嗎？」

「動物都是有靈性的，你越愛牠，牠就越有靈性。」

「所以我無論如何不能讓媽媽把牠賣掉。長根公公，您一定要再勸勸她啊。」

「我會勸她的。」

「爺爺，老牛賣掉以後，牠到什麼地方去呢？」

「很可憐，老牛賣掉，多半是被宰殺了。」

「真的呀？」

「你們想，誰會買老牛耕田呢？只有賣肉的才用低價收買老牛，殺了以後，把牛肉、牛皮、牛骨分開來賣。」

「媽媽知道那種情形嗎？」聰聰問。

「應該知道的。」

「那她為什麼還想賣呢？」

「孩子，你哪兒懂得，都是為了錢啊。」

「長根公公，如果我媽要給爸爸做墳，求您先借錢給她，我長大了掙錢還您，千萬別讓媽媽賣牛啊。」

「我會想辦法的，你放心吧。」

「爺爺，人為什麼要殺牛、殺狗呢？」

「人有時候是很殘忍的，我再講個捉貂的故事給你們聽。

貂是生在很寒冷的北方的一種動物，牠的性格非常仁慈。可是因為牠的皮很值錢，所以人類想盡辦法要捉到牠。捉貂的人是非常聰明的，他們利用貂的仁慈，故意在冰天雪地裡脫去衣服，光著膀子躺在厚雪上，把自己凍僵了。貂一看見雪地裡有人，就會立刻回去叫來自己的家族，把雪裡那個將要凍死的人，團團圍住給他取暖。其中最大的一隻母貂就蜷伏在這人的胸膛上，用自己的暖氣溫他的臉和心。這時捉貂人卻悄悄地伸出一隻手，把胸前的那隻貂一把抓住。可憐那被捉的貂，只有慘叫的份兒了。這時，其餘所有的貂，並不跑走，反而迅速地爬攏來，一隻啣著一隻的尾巴，不斷地悲鳴，

毫無反抗地被捉貂人一網打盡了。你看多悽慘啊！」

「好殘酷的捉貂人啊！」聽聽喊起來，「貂怎麼這樣團結，這樣有義氣呢？」

「可不是，人類有時還不如動物呢。」

「一隻貂上了當，別的貂還是繼續上當嗎？」

「怎麼不是呢？這又是動物的聰明不及人類的地方。」

「長根公公，我寧願不要這種聰明，卻要做一個有同情心，有好心腸的人。」

「好孩子，你說得對。人，愚笨點不要緊，卻不能沒有一顆好心腸。」

花生米咬著手指頭，烏黑的大眼珠滴溜溜地直打轉，忽然喊道：

「我想出一個辦法來了！」

「哦！是什麼好辦法？」爺爺問。

「把阿黃牽來放在爺爺家藏起來，別給大嬸知道，她就沒法賣牠了。」原來她還在擔心阿黃的問題。

「傻孩子，這麼大一條牛怎麼藏得起來？」

「那怎麼辦呢？」

「你放心，大嬸不會賣牠的，她已經答應聰聰了。」可是大人的事是很難猜得透的，誰知道他們會把阿黃怎麼樣呢？因為大家都說阿黃老了。她也跟聰聰一樣，在替牠擔心呢。

聰聰回到家裡，看媽媽還在縫補衣服，聰聰說：「媽，您知道老牛賣出去，一定會被殺嗎？」

劉大嬸停下針線，朝兒子望了半天，卻一聲不響地垂下眼皮，只顧縫衣服，沒有回答。

「媽，您不會把阿黃賣掉吧？」聰聰又追問一句。

「你為什麼老是問呢？」劉大嬸把眉頭鎖得緊緊地。她的面容，在暗淡而跳躍不定的菜油燈光下，顯得非常憂鬱陰沉。因為在她的心裡，有一分難以形容的痛苦和悽涼。她想起了死去的丈夫，想起這些年來生活的艱苦，想起聰聰以後的學業問題，她的眼圈兒潤濕了。可是她是個不願意當著孩子掉眼淚的人，她把臉轉過去，藏在陰影裡，卻以柔和的聲音對孩子說：

「聰聰，不早了，快睡了。你明天起早，還要帶阿黃磨麥子去呢。」

聰聰順從地應了一聲「好」，他哪裡知道媽媽的眼淚是往肚子裡吞的呢？

四

江南的春是美麗而長久的；尤其是農村，早晨溫和的陽光晒著潮濕的田埂，散發出青草和泥土的芬芳；田裡是鵝黃的菜花與翠綠的麥子相間，望去好像一片編織得極精巧的毯子；野蜂在菜花頂上飛來飛去；微風吹翻著麥浪。等著菜花結子，麥子變黃的一段時候，就是農夫們較為優閒的季節。聰聰的阿黃也不用辛苦地工作，只要一天做些零活，馱些貨

物，就可休息了。聽聽有足夠的時間帶阿黃出來吃草，自己陪花生米上山去採山楂果吃。花生米為了報答聽聽對她的好意，把自己最心愛的三個鈴鐺也送給了聽聽，叫他把它們掛在阿黃的脖子上。

「我看見城裡的馬，脖子上都掛著鈴鐺，牛也應當有。」她說。

聽聽真的把鈴鐺掛在阿黃的頸上；鈴鐺很小，可是叮叮的聲音很柔和。阿黃走起路來，配合著鈴聲，好像更有精神了。

可是優閒的日子很快就過去。油菜收割了，又割完了麥子，接著又翻土，灌水，插秧；聰聰和阿黃跟著也忙起來了。生長在城市的花生米，對於農村的一切都覺得那麼新奇。她眼看農夫用水車把水灌進田裡，又眼看他們撒下的穀子長成一片碧綠的絨毯，然後又把它拔起來，一撮撮地很有次序地排列著插在田裡，一排排整齊得跟用尺量過似的。她看聰聰做得那麼好，也要下田去幫忙。長根公公並不攔阻她，因此她的一雙小胖腿兒就老是浸在爛泥裡了。

「花生米，你弄得這麼髒，回城裡媽媽不要你了。」劉

大嬸逗她說。

「不要我，我就一直在鄉下。」花生米很有主意地說，「我要在鄉下讀書。」

「聽聽哥哥都要去城裡讀書了。」劉大嬸說。

「那麼我帶了鵝去，聽聽哥哥帶了阿黃去。」

「鵝倒可以帶，阿黃怎麼帶呢？」

聽見母親這麼說，又勾起了聽聽的心事。他默默地帶著他的阿黃在田間工作，小鈴鐺在牠頸上發出清脆細弱的叮叮聲。他忽然覺得阿黃非常寂寞；如果他去讀書了，誰陪牠出去吃草？冷天裡，誰給牠準備乾糧呢？阿黃走到溪邊去喝水，他站在牠身邊。在溪水的倒影裡，他發現自己很瘦弱，好像保護不了阿黃。他伸手摸摸阿黃的頭，阿黃的眼睛水汪汪地看著他，好像有無限情意似的。

母親在家忙著包粽子，因為今天是端午節。端午節是個快樂的日子，花生米已經盼了好久了，可是聰聰卻好像心事重重的樣子。

「聰聰哥哥，你好像不快樂？」花生米問他。

「我不知道究竟去城裡讀書好呢，還是在鄉下一直給人

做零工好。」

「爺爺說你應當讀書，大嬸也要你讀書啊。」

「可是阿黃呢？」

「大嬸說不能帶去。等你走了，她就會賣掉牠。」

「我要長根公公替我想辦法。」

中午時，他們帶著阿黃回來，在後門就看見長根公公，一手端著碗，一手用樹枝蘸著到處灑。

「灑的是什麼呀？」花生米問。

「雄黃酒，避邪氣和毒蟲的。來，我用這種酒在你的額

上畫個『王』字，毒蟲就不敢咬你了。」

聰聰伸一個手指頭蘸了點雄黃酒，也在阿黃的額上畫了個「王」字，然後把牠送回牛欄去。

「長根公公，我去城裡讀書，阿黃怎麼辦呢？」聰聰瞅著母親不在，輕輕問道。

「放在我家牛欄裡，我家的母牛要生小牛了，反正得再請個小幫工的。」

「那太好了。長根公公，您對我真好。」聰聰這才放心了。

走進廚房，聞到一股撲鼻的香味。

「哦，好香，什麼好菜？」長根公公問。

「聰聰哥哥，你看，這麼大的鴨子。」花生米嚷道。

「不是鴨子，是鵝。大嬸的拿手菜，燻鵝。」長根公公說。

劉大嬸沒有作聲，可是她顯得一臉抱歉的神情。

「媽，哪來的鵝？」聰聰已經感到不對，轉身跑向後院去找花生米送他的白鵝，可是白鵝已經找不到了。花生米也追出來，卻看見牆角一堆白毛。她喊道：

「聰聰哥哥，你看這裡。」

聰聰知道了白鵝的命運，他心頭感到萬分的氣忿和悲傷，沒想到纔出去半天就失去一個朋友。他沒有盡到保護白鵝的責任，覺得對不起花生米。他也怨媽媽不守信用。他哭著跑回廚房去，大聲地問母親：「媽，您為什麼殺掉我的鵝？」

「我想來想去，過節總得有隻鵝；可是買起來太貴，只好把牠殺了。」劉大嬸說。

「您答應我不殺牠的，您為什麼騙我？」

「我沒有打算騙你，你聽我說……」

「我不要聽，我不要聽，……」他又跑出後門，向田埂上跑去。

「長根公公，您去勸勸他，我心裡很後悔。」劉大嬸流著眼淚說。

花生米嚇得呆了，她眼望著桌上燻得黃黃的肥鵝，和自己送給聰聰的那隻鵝一點兒也不像了。牠的脖子被扭曲著扳到背上，眼睛半開半閉，腳也蜷曲著。那麼活潑的白鵝，怎麼會變成這個樣子呢？劉大嬸為什麼要燻了牠呢？

長根公公牽著她的手，走到後門外，遠遠看見聰聰坐在路邊石頭上；她走向前去說：

「聰聰哥哥，那隻鵝好可憐啊！」

「要是早知道牠這樣下場，你還不如不送給我呢。」聰聰悲傷地說。

「聰聰，別哭了，你媽心裡也很難過。」長根公公拍著他的肩膀說。

「她要是難過，就不會殺牠了。」

「如果不殺牠，又得花錢買一隻，一樣的也是殺。」

「難道過節非吃鵝不可嗎？」

「大人的事和你小孩子的想法不同，你再長大點就懂了。」

「我不要懂，媽就只知道省錢，一點也不想想。多可愛的鵝，一天天長大了，牠那麼和你好，相信你，牠怎麼知道你會殺牠呢？」

「這是沒辦法的，聽聽，這隻鵝是你的朋友，你愛牠；可是還有千千萬萬的鵝、雞、鴨，人們把牠們養大了就為著要殺來吃。莊稼人就靠這個生活。我問你，你不是喜歡摸田螺嗎？田螺在田裡也是自由自在的，你卻把牠捉來餵鴨子，不也是很殘忍的嗎？世界上的事，許許多多都是這樣的，你想通了就好了。現在你快把眼淚擦乾了進去吃飯，別再讓你媽傷心了。」

「我不要吃飯。長根公公，我不要再看見那隻燻得焦黃的鵝。」

「聰聰哥哥，大嬸在哭呢。你不回去吃飯，她一定哭得更厲害了。」花生米拉拉他的胳臂。

「你沒看見那隻鵝半開半閉的眼睛嗎？」聰聰悲傷地問她。

「看見了，好可怕。」

「我永遠不吃鵝肉了。」

「我也不吃。」

「但是你還是應該去吃飯，不要跟媽媽賭氣，她只有你一個兒子啊。」

聰聰用手背抹去眼淚，隨著長根公公和花生米進來。燻鵝已經拿開了，聰聰把頭低下去，望著桌上自己的飯碗。他心裡充滿了悲傷，也充滿了問題。媽媽那麼仁慈，卻為什麼要殺掉一隻活活潑潑的鵝？媽媽那麼愛他，卻為什麼不能遵守對他的諾言呢？花生米望著劉大嬸紅紅的眼圈，在心裡想：「劉大嬸做錯了一件事，聽聽哥哥跟她吵了嘴，她哭了；原來大人做錯事情也會哭的。」

五

聰聰提著滿滿一籃雞蛋要去賣，劉大嬸對他說：「聰聰，現在田裡的工作不忙，你讓阿黃休息休息，今天不要帶牠出去了。我會放牠在後門口吃草的。你跟花生米痛痛快快地玩半天吧。」

聰聰正想帶花生米釣魚去，就滿口地答應了。他把雞蛋送到長根公公店裡，就去找花生米。

「聰聰，」長根公公噴著旱煙，慢吞吞地喊了他一聲，「你今天沒下田嗎？」

「沒有，媽媽說讓阿黄休息一下。」

「你媽跟你說了什麼嗎？」

「沒有啊。」

「你家裡有客人嗎？」

「沒有，您有什麼事嗎？」

「今天你媽要跟我商量買墳地的事，我回頭會去的。你去找花生米玩吧。」

聽聽找到了花生米，卻立刻改變了主意，他說：「花生米，我忽然不想釣魚了，你陪我回家去好嗎？」

「大嬸要你做事？」

「不是，她叫我跟你玩，今天別帶阿黃下田。」

「那不很好嗎？」

「可是剛纔長根公公說話的神氣，叫我很奇怪。」

「怎麼奇怪？」

「他好像有什麼事沒跟我說出來。我有點不放心，我回家看看阿黃。」

「好，我跟你一起去。」

他們走出大門，卻被長根公公喊住了。

「聰聰，你慢點兒走。」

「什麼事？」

「聰聰，你媽只你一個兒子，你是她的命根子，是不是？」

聰聰點點頭。

「那麼，不管你媽做了什麼事，都是為了你，你一定明白這一點的。」

聽聽點點頭。

「你媽是個很能幹很有主意的人，她的性格又非常好強，因此她決定要做一件事，別人是改變不了她的，你知道嗎？」

「長根公公，您說這些話是什麼意思呢？」

「我的意思是說，如果你媽媽決定要賣阿黃，也是她想了好久纔決定的，沒有人能勸得住她；所以你最好也不要管這件事了。」

「長根公公，媽真的要賣阿黃嗎？」聽聽頓時想起媽媽叫他別帶阿黃出來，緣故就在這裡了，「她跟你說了嗎？」

「哼，我勸她也沒用。」

「花生米，快走！」聰聰轉身拔步就往家跑。花生米在後面追著，心裡在想，大嬸不會賣阿黃的。她已經做錯過一件事，殺了白鵝，她已經哭過了。

聰聰從後門跑回家，阿黃沒有在外面吃草，再跑進牛欄，一看牛欄竟是空的。花生米送的那一串三個鈴鐺掛在木柵門上。

「媽，阿黃呢？」他大聲喊叫起來。

「聰聰，你過來，我有話跟你說。」

聽聽像木頭似地站著不動。花生米也來了，呆呆地站在一邊，伸手取下木柵上掛著的鈴鐺。她輕聲問道：

「聽聽哥哥，阿黃呢？鈴鐺為什麼摘下來了？」

聽聽看見母親手裡捏了厚厚的一疊鈔票。

「媽，告訴我，阿黃到哪兒去了？您不是說讓牠休息的嗎？」

「阿黃賣掉了。早上城裡來了牛販子，把牠帶走了。」

劉大嬸顫巍巍地說。

「您答應過我不賣的，您又騙我了。」聽聽吼著。

「我沒有騙你，我沒有說不賣。牛是非賣不可的，為了你爸爸的墳，和你進城讀書的錢。」

「我不要讀書，我不要拿阿黃性命換來的錢去讀書。」

「你不要讀書，難道你爸爸的墳也不要做嗎？」

「媽，您為什麼一定要賣阿黃，您知道買老牛的人是要殺牠的嗎？」

「顧不了這許多了。聽聽，我們第一要先為自己想，畜牲到底是畜牲。」

「牠為我們做這麼多事，對我們這麼好；現在老了，您就把牠賣了，您好狠心啊！」聽聽的眼淚像泉水般湧出來。

「牛不像人，老了不能養牠一輩子。再耽誤下去就更不值錢了。」

「您把牠賣了，我倒要把牠找回來。」聽聽這樣想著，轉身跑出後門，花生米把三個鈴鐺在手心攥得緊緊地，跟到外面，悄悄地問道：

「聽聽哥哥，你真的要去找嗎？」

「我一定要去。」

「帶我一同去好嗎？城裡好多地方我都去過的，我可以領路。」

「我要去的是宰牛場，你找不到的，我也得到處打聽呢。」

「找到了馬上帶回來，放在我爺爺家。」

「可是人家花錢把牠買去了，想要把牛牽回來，要用錢贖的。我一個錢也沒有，阿黃給我掙的錢都交給媽媽了。」

「我有，我馬上去拿給你；可是你一定要帶我去。」

「花生米，你還小，別去了；長根公公會不放心的。我一個人去比較好。」

「你不跟大嬸說嗎？」

「我纔不說呢，找不到阿黃，我就不回來。」

「聽聽哥哥，別這樣，大嬸會哭的喲。」花生米心裡想，大嬸一定又在哭了；因為賣掉阿黃這件事，她又做錯了。

花生米拉著聽聽到她家，她在小荷包裡取出一張摺疊得小小的鈔票遞給聽聽說：「十塊錢，給你贖回阿黃。」

聽聽明明知道十塊錢無論如何不夠贖回阿黃的，可是他現在已經沒有工夫想那麼多了。第一是趕緊找到殺牛的地方，把阿黃救回來。想到阿黃那雙潤濕的眼睛望著他的那一份情

意，他恨不得一腳就跨到了城裡。

花生米把三個鈴鐺放在聽聽手心裡說：「帶著鈴鐺去，媽媽說帶了鈴鐺會有好運氣。」

聽聽把鈴鐺放在口袋裡，就急急趕向船埠頭。小火輪再過半個鐘頭就要開了，他取出鈔票，買了一張船票，他覺得十塊錢換開來也有一大把了。可是贖一條牛究竟要多少錢呢？看母親手裡那一疊鈔票，他到哪兒去掙一疊鈔票呢？

他把錢放在口袋裡，裡面的鈴鐺在叮叮地響著，可是現在聽起來，聲音是多麼悲傷啊！

六

聰聰長這麼大，這還是第一次坐小火輪。在不太廣闊的河中心飛快地駛著，浪花從船頭的兩邊散開，打向兩岸，好像連河水都上漲了好多似的。他每回帶阿黃到埠頭駄運貨物，都想有一天能夠坐小火輪到城裡逛逛。今天他真的坐上了，心裡卻一點也不快樂，對兩岸漸漸向後退的美麗風景，他也無心欣賞。現在太陽已經偏西，到城裡就快天黑了。他一個

人，人地生疏，摸索到什麼地方纔能找到宰牛場呢？

船上的乘客大部份都是在村子裡來來去去做生意的人，聽聽每天幫著運東西，他們都認識他，船伕也認識他。有人奇怪地問聽聽：

「你去城裡幹什麼呀？」

聽聽搖搖頭不回答，他想說出來人家會笑他，還是不說的好。到了城裡，再向警察打聽，一定會知道的。他聽說殺牛都在晚上，他得趕著當晚就找到阿黃，不然就危險了。

船到城裡了，埠頭上燈火輝煌，人聲嘈雜，完全不像鄉下埠頭那樣，只有稻田裡青蛙的叫聲和牛蹄踩在田埂路上咯咯的聲音。這裡的一切對他都太陌生了。他心裡有點害怕，可是他又慶幸自己有這樣大的決心，馬上來到城裡；為了阿黃，他是不怕到任何地方去的。

他上了岸，隨著人群走向大街。他想大街上一定可以找到警察的，果然他看見一個警察站在街心，他走上前去很有禮貌地問道：「警察先生，請你告訴我城裡有幾個宰牛場啊？」

警察驚奇地把他從頭看到腳說：「你要問宰牛場幹什麼？」

「我要找回我的牛。」

「你的牛被偷了嗎？」

「沒有，是被人買去的。」

「那你怎麼可以再找回來呢？」

「牠是我的好朋友，我一定要找到牠的。」

「你去問問菜場裡賣肉的人吧，他們一定知道的；可是現在都收攤子了，明天纔有。」警察對他笑笑，走開了。

天已經漸漸黑下來，他越來越心慌，徘徊在十字路口，不知朝哪個方向走纔好。他後悔沒有帶花生米一起來，她生長在城裡，熟悉得多，也可以到她家裡問問大人。他更後悔怎麼會忘了問花生米的家住在哪裡呢。

他正這樣猶疑著，忽然聽見遠處街角有打鑼的聲音，好多大人孩子都跑上前去；他也跟著跑過去一看，原來是一個長了滿腮連鬢鬍子的老頭兒，正敲著一面大鑼，嘴裡喊著：「各位先生，請來看看；我的膏藥靈不靈，一看就知道了。」然後他放下鑼，脫去了上衣，拿起一個鐵錘，在人群圍成的圈裡，一邊走一邊用右手使出全身的力氣，向左面的胸脯錘著，一下一下地，越錘越起勁。眼看胸前鼓起一大塊青腫，

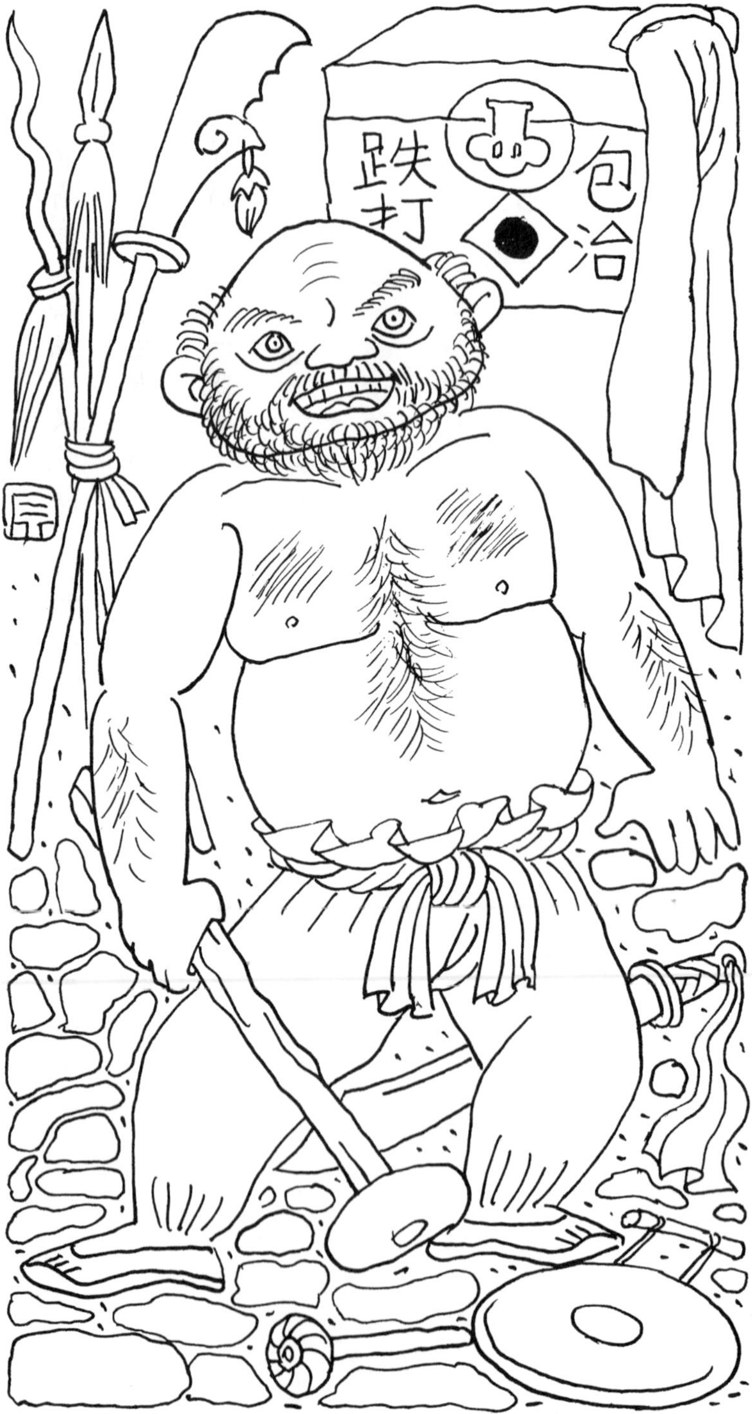
包治跌打

聽聽看得又害怕，又吃驚，卻見他丟下鐵錘，指指那塊青腫說：「各位先生看，這大塊青腫，我只要貼上一帖膏藥，一下子就好了。」說著，他就攤開一張大紅布膏藥，往傷處一貼，拍拍胸膛說：「靈不靈當場試驗。各位先生請看說明書。」他打開小木箱，取出許多說明書，挨著人牆一個個地分。分完一圈，忽然大聲喊道：「各位現在請看。」他把胸前的膏藥一揭，那塊青腫已經沒有了。人堆裡湧起一陣笑聲，他又捧著箱子向大家兜生意，連聲說：

「各位客人，請不要走，請買我的一帖萬靈膏藥。」

有的摸出錢向他買一張，有的只扔給他幾個毛錢，就紛紛散開了。聽聽心裡想，這就是長根公公說過的，走江湖賣膏藥變戲法的人了。可是這個人年紀這麼老，頭髮鬍子都花白了，還各處表演，用鐵錘敲胸膛，敲出一大塊青腫總不會是假的吧？就算是變戲法，也是很辛苦的啊！他邊想邊把手伸進口袋裡，摸著買船票剩下的一把錢，心想我知道贖阿黃要很多錢，每一塊錢我都應當省下來。可是眼前這個老人，滿頭大汗地伸著雙手向人賣膏藥，就是大家都買他一張，他又能賺幾個錢呢？他忽然覺得老人很孤單，很辛苦。不由得

拿出一塊錢輕輕地放進了小木箱裡。老人抬起眼睛向聽聽看了半晌，問：「你要買很多膏藥嗎，小孩？」

聽聽搖搖頭。老人撿起那塊錢再問他：「那麼這塊錢是幹什麼的？」

「送給您的。」聽聽向後退了幾步，打算走開。

「小孩，別走，你把錢拿回去；我不要騙小孩子的錢。」

「您沒有騙我的錢，老伯伯，是我自己要給您的。」

「你給我？看你並不是個有錢的孩子啊！」

「我沒有錢，這幾塊錢還是朋友借給我的。」

「你不像個城裡孩子，你叫什麼名字，是幹什麼的啊？」

「我叫聰聰，是剛剛從鄉下來的，我來找我的阿黃。」

「阿黃？」

「哼，牠是我家的牛，我們是好朋友，一天也沒有分開過。」

「那牠怎麼會跑到城裡來呢？」

「是我媽媽今天早上把牠賣了，我捨不得。聽說人家買老牛要殺了吃肉，我無論如何不能讓牠就這樣死了，所以趕進城裡來找牠。」

「傻孩子，這麼多的牛，這麼大的城市，你上哪裡去找呢？」

「老伯伯，您肯陪我去找宰牛的地方嗎？」

「今早上剛賣的，不會這麼快就殺的，我幫你打聽一下。」

「謝謝您，老伯伯，您貴姓？」

「我姓張，大家叫我張膏藥。」

「我喊您張伯伯。」

「好，你真懂事。我問你，你媽為什麼要賣牛呢？」

「她說牛老了，再不賣就更不值錢了。我家裡窮，做爸爸的墳要錢，我進城讀書也要錢。可是我寧可不讀書也不能賣掉阿黃。您不知道，阿黃是跟我一起長大的，牠幫我們做了好多事，不能因為牠老了就不要牠呀。」聽聽滿眼噙著淚水。

「你說得對，聽聽。可是你媽已經把牠賣了，你就是找到了，又怎麼能帶牠回去呢？那是要用錢贖的啊，你有那麼多的錢嗎？」

「我不知道贖牠要多少錢，我只有十塊錢，還是花生米借給我的，買船票已經用去幾毛了。」

「花生米是誰？」

「是我的好朋友，長根公公的孫女兒。這三個鈴鐺也是她送我給阿黃掛的。」他從口袋裡把鈔票和鈴鐺都掏出來。他很相信花生米的話，鈴鐺會給他帶來好運，阿黃一定找得回來。他把鈴鐺遞給張膏藥，張膏藥接過來，鈴鐺在他的大手掌心裡發生微弱的叮叮之聲。這聲音陡然使他想起了自己木箱裡的兩個小鈴鐺。

他雙手捧起聰聰的臉，仔細地端詳著他。

「你今年幾歲了？」

「十二歲。」

「你進城來，你媽媽知道嗎？」

「不知道。」

「你不怕媽媽看不見你會著急嗎？」

「媽不該賣掉阿黃的。找不到阿黃，我就不回家。」

「傻孩子，你的心真好。你現在先跟我回家住一晚，我認識幾個牛販子，明天我幫你打聽阿黃的下落。」

「謝謝您，張伯伯。您對我太好了。」

七

聽聽看張伯伯的家只是街角一間小小的木板屋。裡面只有一張小竹床和兩張竹矮凳，連桌子都沒有。他們的晚飯就在竹床邊上吃的。聽聽吃了滿滿兩碗白薯煮飯，張伯伯還特地給他買了一個鹹鴨蛋。他吃得飽飽的，覺得張伯伯跟長根公公一樣，也這麼慈愛，對他這麼好。他想找到了阿黃，那個買阿黃的牛販子一定也是個和氣的好人。他求他把阿黃先還給他，他再做工掙錢還他，一定也會答應的。於是他滿懷希望地問道：

「張伯伯，您能給我找一個工作嗎？我有力氣，可以幫著在船埠頭搬運東西。」

張膏藥望著他稚氣的眼神，半晌半晌，搖搖頭說：「聽聽，無論找到找不到阿黃，明天你還是趕緊回家。你不知道你媽急成什麼樣子了。阿黃固然是你的好朋友，但是你更不能叫媽媽傷心。」

「不，我不回家，我要做工掙錢贖回阿黃來。」

「好孩子，你有這份心，你的牛一定找得到的。」

張膏藥的仁慈的心裡，已經決定要幫聽聽找回他的阿黃來。

「你放心好好地睡。我出去看個朋友。」他在床下拿出一個瓦罐就走了。

大陸七月下旬的天氣非常涼爽，銀白色的月光從木板縫中瀉進來，風吹著門環叮叮作響。他閉上眼睛，卻想起媽媽在昏暗的燈光下縫補衣服時，憔悴的面容。想起長根公公那張吱吱咕咕的太師椅，和他敲著旱煙管講故事的神氣。想起

花生米遞給他十塊錢時的那隻白胖小手，和充滿信賴的眼神。更想起家裡空空的牛欄。他忽然覺得自己不該這麼躺著，應該連夜出去找阿黃才對。可是他上哪兒去找呢？張伯伯答應替他打聽牛販子，他只有耐心地等了。過度緊張和疲勞，終於使他呼呼地睡著了。

他是被張膏藥輕輕搖醒的。

「聽聽，快醒醒，起來看看門外面。」

「門外面有什麼？」聽聽揉著惺忪的睡眼。

「看站在那兒的是不是你的朋友？」

聽聽一骨碌翻身起床，跳到門外。

「阿黃，啊！阿黃，真的是你！」聽聽一把抱住阿黃的頭，一聳身，整個伏在牠背上，摟住牠的脖子，親牠，吻牠。

「牟……」阿黃張開大嘴叫了。聽聽懂得阿黃在跟他說什麼，這叫聲是興奮的，也是悲傷的。他們分別才一天一夜，卻比一年還長，因為聽聽差點看不見牠了。

「張伯伯，您怎麼找到牠的？您又怎麼認識阿黃呢？」聽聽感激得聲音都顫抖了。

「我有一個在市場上當牛販子的朋友。我去找他，請他

打聽有沒有人昨天剛從鄉下一個寡婦手裡買來一條黃色老牛；問了好幾個人，總算被我打聽到了。我也不能確定這是不是阿黃，所以先牽來讓你認一下。現在是阿黃就好了。」

「可是牛販子怎麼肯馬上讓我牽走呢？我得拿錢贖啊。」

張膏藥用慈愛的眼神看著聰聰說：

「那個牛販子是我的朋友。我把你怎麼也捨不得跟阿黃分開的事告訴他，他很感動，說：『這個孩子既然跟牛這麼好，這條牛如果真是他的，我也不忍心把牠賣到宰牛場去，就照本錢還給他吧。』」

「可是我現在沒有錢還他啊！」

「聽聽，你只管把阿黃帶回家吧。錢，張伯伯會想辦法的。張伯伯有一瓦罐的錢，足夠代你贖牛了。」

「那怎麼行？張伯伯，我一定要做工賺錢還您的。」

「好，好，以後再講。等你長大了，書念好了，再掙錢還我。那時候我纔高興呢。」

「那要等多久呢？張伯伯，我現在初中一還沒念呢。」

「只要你肯用功，一年年往上升，會很快很快的。張伯伯一定等你。」

聽聽用一隻手挽著阿黃的犄角，呆呆地抬頭望著張伯伯。張伯伯的慷慨幫助和眼前的阿黃，使他像在做夢似的。

「張伯伯，您今年多大年紀了？」聽聽傻愣愣地問，望著張膏藥滿是皺紋的臉。

「你怕我太老了，等不及看你長大，把書念好了是不是？你放心，張伯伯身體壯得很，我一天用鐵錘錘幾千下胸膛都不要緊呢。」他又笑了。他從聽聽睜得大大的眼睛裡，尋回了他幾十年來失落的東西。他高興極了，他覺得他並沒有白白糟蹋了這辛辛苦苦地積蓄下的一瓦罐錢，他是把它用在一個最可愛的孩子身上了。

「好孩子，聽我的話，你趕緊把阿黃帶回家，好讓你媽媽放心。過些日子，你來城裡進中學時，再來看我。」

「好，我聽您的話就是了。張伯伯，我想媽會讓我把贖阿黃的錢送還您的。」

「不要還，聰聰。我說過不要你們還的，那筆錢留給你讀書，這比我自己用了更高興。」

「張伯伯，您為什麼對我這麼好？」

張膏藥半晌沒有回答，一手緊緊地摟著聰聰，一同走進屋子，在竹床上坐下來，慢吞吞地說：

「你看張伯伯一個人很孤單是不是？」

「哼。」

「我以前有一個孩子，如果長大了的話，可以做你的大哥哥了。」

「他沒有長大嗎？」

「沒有。」

「為什麼呢？」

「因為他沒有了媽媽，我把他放在籃子裡挑來挑去，起先他咿咿呀呀地唱歌，小拳頭小腳也常常舞動，但是他沒奶吃，天又太冷，他一天天地變得非常瘦弱，又傳染上了痲疹。你知道痲疹是要特別當心的，但是他還得躺在小籃子裡，風吹太陽晒，他受不住了。有一天他不再唱歌了，小拳頭小腳也不再舞動了。我把他抱回到家鄉，睡在他媽媽的墳邊，讓他們在一起作伴。」

「張伯伯，您一定哭得很傷心。」聰聰望著他微紅而疲倦的眼睛。

「我只哭過一次，後來就不哭了。因為我想他在媽媽身邊比在我身邊更好。每天晚上，我躺在床上，就可以在心裡跟他說話，我好像看見他在媽媽懷裡，一天天長大了。」

「可是您現在又哭了。」聽聽看見他臉頰上的淚水。

「那是因為我看見了你，我太高興了。」他忽然想起什麼，打開木箱，在箱蓋的袋子裡取出一張摺疊著的又舊又黃的紙，打開來，上面卻是一隻嬰兒的腳印。五隻圓圓的小腳趾，一個尖尖的腳後跟，一共不過幾寸長。

「你看，」他說，「這是他的小腳板，多好玩！如果他還活著的話，一定長得跟大人的一樣大了。」

他又萬分愛惜地把它摺起來，放回箱蓋口袋裡，又在箱底取出兩個鈴鐺，遞給聰聰說：

「這是他媽媽套在他兩手上的。現在我把它送給你，你自己拿一個，一個送給你的朋友花生米。」

「張伯伯，您自己留著做紀念啊。」

「不，鈴鐺要讓它叮叮的響才好，你們拿著長命百歲。」

「謝謝您！」聰聰把口袋裡那三個鈴鐺拿出來，掛在阿黄的脖子上，把這兩個放進口袋裡。他想起花生米說得真不錯，鈴鐺會給他帶來好運。可是張伯伯卻說：「聰聰，這三個鈴鐺太小了，套在阿黃脖子上不合適，我給你買一串大的吧。」

聽聽覺得張伯伯給他的已經太多了，但是張伯伯要給他的，他也不能拒絕。所以張伯伯就帶著他，牽了阿黃上街，買了一串黃銅大鈴鐺，阿黃跟著這一老一小，精神抖擻，牠好像已經明白，從此以後，不必再擔心有一天會離開主人了。

聽聽把三個小鈴鐺摘下來，再把那一串大鈴鐺，穿過牽阿黃鼻子的繩子，掛在牠的脖子下面，叮叮噹噹地響著。牠走起路來，四條腿配合著鈴鐺聲，也顯得格外有勁了。張膏藥陪著聰聰，牽著阿黃到船埠頭，代他僱了一條平底船，讓阿黃四平八穩地臥在當中，聰聰在船頭上坐著。他依依不捨地問張膏藥：

「張伯伯，您什麼時候來鄉下呢？」

「等我收齊了一筆賬就來。」

「一筆賬？」

「哼，你還不知道張伯伯是個大財主呢。」

他摸摸滿腮的連鬢鬍子，咧開厚嘴脣，笑得好高興。他幫船伕把船推離了埠頭，對聰聰搖搖手說：

「可別忘了來城裡念中學喲！」

「我一定來，張伯伯。」

一個純厚天真的孩子，一條健康的老牛，在早晨杏紅色的陽光中，被搖搖擺擺的船帶向他們可愛的家。張膏藥眼睛睜得大大的，一直望著他們遠去，彷彿自己也回到了久別的溫暖家鄉。他因為打聽阿黃的下落，奔走了一夜沒睡。眼睛原感到有點枯澀，現在卻因為太快樂而漸漸潤濕了。

聽聽不時地伸手撫摸阿黃的肚子、脖子，又用手指去撥撥大銅鈴。銅鈴發出溫柔而美妙的聲音。阿黃也似乎聽懂了，

牠伸出大舌頭來舔舔嘴巴，舔舔小主人的手背。

「阿黃，你知道嗎？要不是張伯伯，你差點就被送到一個很可怕的地方去了。」

阿黃眨著一雙汪汪的眼睛，似懂非懂地默默看著聽聽。

「阿黃，你得賣力氣工作喲！你纔不老呢，你是一條很強壯的牛啊！」

阿黃濕漉漉的鼻孔抽了幾下，尾巴左右搖擺，似乎在回答小主人說：「你放心好了，我強壯得很呢！」

八

兩岸微風吹拂，江南仲夏的清晨已經有點涼意。澄藍的河水，泛起一縷縷的金光。雪白的細浪從船頭向兩邊分開。遠處的青山，和近岸碧綠的田野向後緩緩地移動。聰聰這時纔覺得這條彎彎曲曲的河水真美，跟他頭一天早上來時完全不同了。他想，如果以後媽媽讓他來城裡念書，每個星期天，他都要帶花生米搭小火輪回鄉下來看媽媽和長根公公，還有

阿黃，多麼好啊！

聽聽想起了媽媽，他恨不得一步就跨到家。儘管兩岸風景是這樣好，濃密的楊柳樹和盛開的夾竹桃都好像在向他招手，但是他還是嫌船划得太慢，這條河太長了。早班的小火輪已經下鄉，當它駛過這條平底船的旁邊時，船被掀起的波浪抬得高高的，又慢慢滑下去。他伸手挽著阿黃的繩子，拍拍阿黃的頭頂說：「阿黃不要怕，這是一個小小的波浪，一會兒就過去了。你是鄉下出身，跟我一樣，沒經過風浪呢！」

阿黃把下巴摩了幾下，嘴邊的銅鈴又叮玲噹啷的響起來，

看樣子，阿黃是餓了。

「一回到家，你就有最新鮮的青草吃了，還有媽媽給你調的雞蛋酒，你得好好兒補一下了。」

小火輪去遠了，好幾個人從窗口伸出頭來，看聽聽和他的大牛，眼中露著驚奇的神色。聽聽得意地對他們揮揮手，心裡自言自語地說：「你們哪裡知道，我跟阿黃差點兒見不著了。」

快到鄉下的船埠頭，遠遠地看見岸上一個矮矮的人影，等漸漸走近了，聽聽纔認出那是花生米。聽聽興奮地喊：「阿

黃快起來，我們到家了！」

他拉著阿黃站起來，船還沒有靠岸，花生米老遠地就喊：

「聰聰哥哥，你回來了？阿黃也找到了？你是怎麼找到阿黃的？聰聰哥哥，你快說呀。」

花生米連珠砲的叫喊，聰聰一時回答不上話來，就只有咧開嘴傻笑。

「聰聰哥哥，快上岸！大嬸哭了好多次了。」

「你怎麼知道我這時候回來呢？」聰聰問。

「大嬸、爺爺和我，在頭班小火輪到以前，就趕到這兒

來了。大嬸想搭火輪去城裡找你。爺爺說再等一班看，也許你會回來；沒想到你真的坐小船回來了。大嬸和爺爺在那邊亭子裡坐著呢。」

「媽媽生氣沒有？」

「你跑了，她一直哭，我趕緊告訴她了。」

「我真後悔不該讓媽媽擔心。」

「阿黃是怎麼找到的？」

「等會兒再慢慢告訴你，我先去看媽媽。」

「來，阿黃，讓我牽著你。」她接過牽阿黃的繩子，

「啊！好大的鈴鐺，哪兒來的？」

「一位張伯伯給的，他還給我兩個小鈴鐺，叫我送給你一個。」

聽聽來不及拿鈴鐺給花生米，就三步兩腳地向亭子跑去。劉大嬸和長根公公也遠遠的看見他了。

「聽聽，你回來了！」媽媽的一聲呼喚，使聽聽忍不住哭起來了。一天一夜的分別，他好像經過了很多很多的世事，也長大了很多，懂得了很多。他知道自己不應該不告訴媽媽就跑，他嘗到了擔憂是什麼滋味，後悔是什麼滋味。他想起在城裡碼頭邊逡巡，抬眼一看全是陌生人的情景，孤零零睡在張伯伯床上，望著窗外冷清清月亮的情景，深深感到離開媽媽，一個人出去摸索，就像迷失在一片黑黑的森林中。如果不是遇到好心的張伯伯，他現在還不能回來，投在媽媽懷裡呢。

「媽，長根公公，阿黃找到了，已經帶牠回來了。你看，花生米牽著牠呢。」聰聰抹去眼淚，指向後面說。

「你能找到牠，真算有本領。」長根公公笑瞇瞇地望著他，有點不相信的樣子。

「一個賣膏藥的張伯伯幫我找到的。張伯伯拿了他自己的錢贖牠回來的。」聰聰把遇到張膏藥的經過，一五一十地說了一遍。

「聰聰，你怎麼可以要一個陌生人的錢呢？」

「媽，他不是陌生人，他對我就跟長根公公對我一樣好。」

「不行，聰聰，說什麼咱們也得把錢還給人家。」

「我也說過，回到家裡就送錢去還他，他說這筆錢留著給我去城裡念書，叫我把書念好了，他就比什麼都高興。」

「他是不是沒有孩子？」長根公公沉思地問。

「他原來有一個孩子，因為他天天把他放在籃子裡挑來挑去，後來出痲疹死了。他說要是那孩子活著的話，比我都高了。」

「怎麼死了？」一直站在旁邊，聽得呆呆的花生米很惋惜的問。她想一個小毛頭舒舒服服地睡在籃子裡，望著藍天，數著星星，吹著風，晒著太陽，多好玩，怎麼會死掉呢？

「他雖然對你這麼好，我們總不能拿他的辛苦錢；長根公公，我要還他的。」

「他不會要你還的，大嬸，他這番心，我懂。」長根公公慢條斯理地說。

「爺爺，請張伯伯也到鄉下來種田好不好？」花生米說。

「他說要來鄉下看我們的。」聽聽想起了口袋裡的鈴鐺，取出來，把張伯伯送的那兩個分一個給花生米，說：「這一個是給你的，張伯伯說帶了這個鈴鐺，會長命百歲。」

花生米把小鈴鐺放在手心裡，合上一雙胖手掌，叮鈴叮鈴地搖著。

「人家對我們太好，我們怎麼報答他呢？」劉大嬸止不住眼睛又潤濕了。

「仁慈的人是不指望報答的。只要聰聰以後努力讀書，做個好孩子，就比拿什麼報答他都好。」長根公公說。

阿黃已經吃飽了青草，也喝夠了水，花生米牽著繩子，用手撞撞銅鈴，響亮的叮噹聲使她彷彿看見了那位慈愛的張伯伯，提著銅鑼鐺鐺鐺敲著的神情。

「聽聽哥哥，你再講變戲法的事兒給我聽，他會翻跟頭嗎？」

「我沒見他翻跟頭，等他來了我們再問他。」

「他來了，一定會變好多戲法給我們看的。」

「他拿鐵錘錘胸膛的時候，使那麼大勁，我好替他擔心啊，可是一貼上膏藥，一會兒就好了。」

「真奇怪，我在城裡，媽媽帶我上街，怎麼從沒有看見過賣膏藥的呢？」

他們跟著長根公公和劉大嬸，老老小小四個人帶著他們的阿黃，一路走回家去。晚季的稻子，這時已經長得青青密密的，有半個人高了。將近中午的太陽，把稻子晒得放散出陣陣清香。微風吹拂著稻子尖，輕柔地擺動著。阿黃在熟悉的田埂路上慢慢走著，銅鈴聲有韻律地響著。花生米搖著手裡的小鈴鐺，蹦蹦跳跳地唱起歌來：「叮叮叮，我有一個小銀鈴；鐺鐺鐺，外婆請我吃糖糖；咚咚咚，吃飽糖糖要做工。」

劉大嬸一邊走，一邊盤算著怎麼還張伯伯這筆錢。長根公公拿長煙管當枴杖，把乾燥的爛泥田埂路敲得咯咯地響。

這時已將近正午，在田裡的農夫們，三三兩兩地向家裡走去。他們看見這一行老少四個，前前後後地伴隨著他們熟悉的阿黃走著。他們哪裡知道這一天一夜之間的一場小風波，和他們這時內心的快樂呢！

老鞋匠和狗

一排公寓房子的後門巷子口，四角稜稜的灰白水泥牆，被夏天正午的太陽晒得發燙。鑲在水泥裡的細砂石子，閃著亮光，把巷子照得好像更寬闊了。等到下午的太陽打斜以後，過堂風吹來，巷子裡馬上就涼爽了。老鞋匠陳福就看中這塊地方，擺下他的修理攤子。他靠牆支起兩根竹竿，掛上油布，搭起一個四四方方的棚架。灰撲撲的油布上，用黑油墨歪歪斜斜地寫著「修理皮鞋雨傘」幾個大字。油布隨著風兒飄啊飄的，倒真是一面大招牌。別看陳福字寫得不好，他的活兒可做得道地。他把一雙雙破舊的皮鞋，都縫補得扎扎實實的，

修理皮鞋雨傘

再抹上油，擦得晶亮，掛在木架子上，像一爿小型的皮鞋店。他討價便宜，又守信用，說什麼時候修好，就什麼時候修好，絕不叫主顧空跑一趟。因此，公寓的住戶和過往行人，都喜歡送皮鞋給他修理。至於修理雨傘，那完全是順便的。像是套一根細鐵絲啦，加一塊小鐵片啦，他都奉送。要換傘骨或縫傘面才收一點兒錢。老鞋匠做這份工作是為了掙飯吃，也為了興趣。他覺得一雙又舊又髒的皮鞋，經過他敲敲打打，縫縫補補，就變成跟新的差不多，實在是一件很有意思的工作。他認為世界上什麼工作，用心去做都是有意思的。什麼

東西，也都是不該丟棄的。就說他架子上插著的這些傘柄傘骨吧，全都是破傘上拆下來的，卻都可以派上用場。一把傘，差一根骨子都不行，他把傘修好了，撐開來，也是扎扎實實的，看著主顧們打著它在大雨裡高高興興的走了，這就是他最大的快樂。

他年紀六十多了，老花眼鏡常常掉到紅紅的鼻子尖上，可是他並不認為自己已經老得不中用，年輕人有年輕人的工作，老年人有老年人的工作。世上沒有廢料，人尤其不能只吃飯不做事。

那天是個下雨天，他給人修理好兩把傘，把架子上的皮鞋都收到箱子裡，然後提起一雙張著大口的高統男童皮鞋來縫補，他看看這雙鞋，連車胎底都磨得只剩薄薄一層，鞋面皮子也裂了幾個口，實在太破了。搬來這巷子裡半個多月，他還沒修過這麼破爛的皮鞋呢。他一時想不起是什麼人送來的了。不管是誰吧，他還是找塊軟皮把鞋面補上，把裂口縫好。底上再加一片厚皮，用線緝得牢牢的。他想這家人家一定很儉省，捨不得給孩子買新皮鞋，所以他得格外仔細替他修補，好讓這孩子多穿些日子。

斜風雨慢慢的大了，老鞋匠真擔心會有颱風。平常日子，他晚上把兩隻木箱一拼合，點上一枝蚊煙香，就睡在棚子裡。可是颱風來了，他睡到哪兒去呢？他抬頭看看天色，天空灰濛濛的，雲腳長了毛，看樣子，颱風真的會來。他想如果有一個電晶體小收音機，就可以聽颱風消息了。他很想積點錢買一個，一面工作，一面聽新聞，聽廣播劇、小說、歌唱。最要緊的還是聽氣象報告。他這個攤子，跟天氣的關係太密切了。以前擺在騎樓下的人行道上，下雨天還不要緊。後來警察不許擺，他才擺到這兒來。這兒是露天的，小雨還好將就，颱風可擋不住啊。老鞋匠是不大會發愁的，可是對今天的天氣卻發起愁來。下雨天生意清淡點沒關係，把他泡成個落湯雞怎麼辦啊。

他一邊想，一邊縫補皮鞋。忽然他放下皮鞋，打開一個奶粉罐子，抓出裡面的零錢，數一數，一共一百六十塊錢，這是他省吃儉用積蓄下來的。買一個電晶體收音機要兩百四十元，還得過幾天才夠呢。這時候，他聽見公寓樓窗口傳來收音機裡的歌聲，他不由得對自己咕噥起來：「早晚我自己會有一個，放在膝蓋上，愛聽什麼就聽什麼。」

他拉開木箱抽屜，看看老爺錶，已經十二點半，肚子餓了。他在奶粉罐裡拿了五塊錢，捧了個鍋子，到馬路對面小攤上去買一鍋飯，一撮韭菜炒豆腐乾，又切了三塊錢的牛肉。回來坐下慢慢的吃。他好久沒吃牛肉了，最近覺得人有點累，所以得吃點牛肉補一下。他正吃得有滋味，卻看見一隻瘦瘦的小黃狗，渾身濕淋淋的，走到他面前，搭拉尾巴，搭拉耳朵，無精打采的站住了。小鼻子一抽一抽的，看樣子牠是聞到牛肉的香味了。

「怎麼，你也想吃？」老鞋匠把拿著筷子的手揮了一下：

「走開吧，三塊錢只有薄薄的七片牛肉，我才捨不得給你吃呢。」

小黃狗咧開了嘴，舌頭左右直舔，而且越走越近，一點也不怕陌生人。濕漉漉的鼻子都快碰到老鞋匠的飯鍋了。

「你是誰家的狗？在家吃飽了還跑出來討東西吃。」

小黃狗沒有聽懂他的話，卻把身子一抖，雨水都濺到他的菜碟子裡。老鞋匠對牠喊起來：

「啊呀，你這傢伙真不講理。看樣子不給你吃點，你還真不肯走呢。」

他一邊說一邊找個碟子撥出點飯來，挾一片牛肉，用手撕碎了，拌在飯裡，放在地上說：「來，給你吃，就只這一片牛肉呵，韭菜你又是不吃的。」

小黃狗兩口就把飯吃完了，舌頭舔啊舔的，這一點點哪兒夠呢？牠不停的對老鞋匠搖尾巴，還想要。

「沒有了，你知道我幾天才吃一次牛肉嗎？」老鞋匠拍拍牠的頭，仔細端詳著牠說：「你是誰家的狗啊？下雨天跑出來找吃的，是一隻野狗嗎？」

他是非常喜歡狗的，如果他有個安身的地方，他也一定

要養一隻狗，天天帶在他身邊，多有意思。他把最後一片牛肉塞進嘴裡，小黃狗偏著頭，咧著嘴，一副頑皮相看著他。老鞋匠噗噗一聲笑了，他從嘴裡吐出半片，拿在手裡說：「來，再分給你一點點。可別吃上癮了；天天來找我可不成。」

半片牛肉，真不夠小黃狗塞牙縫，牠嚼也沒嚼就吞下去了。

「你看你分了我一半的菜。」老鞋匠摸摸牠濕漉漉的毛，覺得牠全是骨頭，好瘦。他找出一條破毛巾把牠渾身擦乾了。

那隻狗索性坐下了。

「你怎麼坐下了！快回家吧，你主人要找你啦。」

小黃狗好像不在乎主人找牠，把脖子一伸，趴在地上，睡起覺來了。

老鞋匠想，這麼冷清清的雨天，有一隻小狗來陪陪他倒也不壞，不過到了晚上牠還不走的話，不又得招待牠一頓嗎？

天黑了，老鞋匠又去買了飯菜，特別多買一條魚，頭尾自己吃，中段剁碎拌飯給小黃狗吃，他是誠心給牠一頓豐盛

的晚餐的。他想一個人只要有一個生命願意依靠他，總是一件最快樂的事。他不知道這隻小黃狗是誰的，萬一是一隻沒有主人的野狗，他就真得收留牠了。

小黃狗吃飽了以後，用感激的眼神注視著老鞋匠一會兒，又在他身邊搖著尾巴，好像猶疑了好久，才慢吞吞地走了。

老鞋匠又加了一塊油布棚，拼攏兩隻木箱，鋪上蓆子就躺下睡覺了，他想，那邊另一條巷子裡有一個地下室，裡面一定有人住著，不然的話，遇上下雨天我就到那兒去住該多好，那樣的話，就是到了冬天也不必發愁了。可是原來在那兒住的人怎麼會讓他去住呢？

那天夜裡幸虧颱風沒有來，第二天一早，太陽已經從對面高樓的玻璃窗上，反射到老鞋匠的油布棚上了。他連忙起身，掀開油布。

「哈，你又來了。小東西。」老鞋匠高興地喊起來，原來他昨天的客人小黃狗早已端端正正地坐在他棚子外等他了。看見他起身，馬上站起來又跳又搖尾巴。

「看樣子，你吃我的飯吃出味道來了。告訴我，你是一隻野狗嗎？」

小黃狗並不懂什麼叫野狗，牠只是要找個對牠好，愛牠的人作伴。

老鞋匠少不得又餵牠一頓早餐。他心裡想：「如果牠真要跟定我的話，我的伙食費就得增加一倍，那我還真得好好幹活兒，多賺一點錢呢。」

小黃狗吃飽了一頓香噴噴的早餐，坐下來舔牠的毛。

遠遠地一個女孩子，穿著花花綠綠的衣服，慢慢走來，小黃狗一蹦一跳地跑過去，搖著尾巴直向她身上撲。

「你原來在這兒啊。」女孩子說。

「牠是你的狗嗎？」老鞋匠問她。

「不是我的，是我家太太的，不過她不要牠了。」

「不要牠？怎麼不要牠了呢？」

「太太說牠又笨又瘦，肚子裡長了蟲子，髒死了。所以把牠趕出來。」

「你們太太怎麼這樣心狠哪？她不喜歡狗嗎？」

「怎麼不喜歡？不過她喜歡好的狗種，這是隻普普通通的土狗，沒意思。前兒人家送她一隻好淘氣的『北京狗』，聽說值一萬塊錢呢。這隻小黃狗嫉妒，老跟牠打架，所以太太

把牠關在門外不讓牠回家了。」

「回去告訴你太太，狗是最忠心的，無論哪一種狗都一樣，勸她千萬別不要牠。牠肚子裡長蟲子，給牠治治不就好了？」

「太太已經不喜歡牠了，我講也不會聽的。我看小黃狗也怪可憐的，昨晚一直在門口叫，叫的聲音跟哭似的；今早我出來倒垃圾，一看牠還坐在門口呢，看樣子牠整整守了一夜都不肯走。你說得不錯，狗真忠心哪。」

女孩子拍拍小黃狗的頭，一副無可奈何的樣子。小黃狗聞聞她的腳，又到老鞋匠身邊坐下，彷彿告訴女孩子，「這個人對我很好。」

女孩子說：「我買菜回家，牠就不見了，原來跑到你這兒來了。你餵過牠了嗎？」

「牠昨天在我這兒吃了兩餐，今早也把牠餵飽了。」

「老鞋匠，你真好心腸。看牠跟你多好，你就收留牠吧，我有空就送點剩菜剩飯來給牠吃，你也用不著太花費了。」

「你太太如果真想不要牠，我就收留牠，別看牠長得沒有那一萬塊錢的『北京狗』漂亮，牠還是一樣的聰明乖巧，一樣的忠心。」

「那就謝謝你啦，老鞋匠，我得去告訴太太，她不要的小黃狗，還有人要呢。」女孩子也像託付了一件事，很放心地走了。

「小黃，你上來，」老鞋匠就給牠取名小黃，把牠抱起來，就像抱一個孩子似的。知道牠是一隻被主人丟棄的狗，他格外的疼牠。從現在起，牠就是他的狗，他得全心全意負起愛護牠的責任了。老鞋匠越想越高興，完全忘了自己這個油布棚的臨時小屋，還可以住多久呢。

他打開箱子，把修好的皮鞋，一雙雙排在架子上，剛蓋好蓋子，小黃狗就一跳跳上了木箱，得意揚揚地向他又伸舌頭，又搖尾巴。

「你這壞東西，一疼你，你就沒樣子了。好，你就躺在這上面吧，等一下我給你洗個澡。看你多髒！」

小黃涼涼的鼻子碰著他的手背，舌頭不停地舔他。就這樣，他為牠做什麼都甘心了。

聰明的小黃是多麼多麼的懂得討人喜歡啊！

一個撿碎紙片的孩子走來了。背上背著竹簍子，走到老

鞋匠面前，遲疑了半晌才問：

「老伯伯，我的高統皮鞋修好了沒有？」

「哦，原來是你的，你怎麼好幾天都不來拿呢？」老鞋匠問他，拍拍他的頭，他的頭髮很長，該理了。

「我沒有錢，所以不敢來。」

「現在有錢啦！」

「還是沒有啊！老伯伯，修一下要幾塊錢呢？」

「這雙皮鞋太破了，修起來很費事，要是旁人的，起碼要十幾塊錢。是你的，就只收你四塊錢吧！」

「老伯伯，我現在連四塊錢都沒有，明天再來拿好嗎？這雙皮鞋是我從垃圾桶裡撿來的，我本來不應當請你修理的，太花錢了。可是我好想有一雙皮鞋穿啊，我一直都只穿木板鞋。」

「你叫什麼名字？今年幾歲了？」

「我叫多多，我不知道自己幾歲，大概是八歲吧。」

「多多，這個名字很好玩，你爸爸是幹什麼的？」

「我沒有爸爸。」

「媽媽呢？」

「我也沒有媽媽。」

「那麼誰養活你呢？」

「我自己啊！」

「啊呀，你這孩子，你就靠撿破爛掙錢哪？」

「你別替我著急，老伯伯，我現在已經有個爸爸了，他住在那邊一排房子後面的地下室裡。他是打掃公寓房子的工友，大家都喊他老張，起先我也喊他老張，現在喊他爸爸了。他對我好好喲。」

「喔，原來這樣，我真替你高興。」

多多蹲在小黃面前，摸著牠的頭、下顎、脖子，小黃舒服得把身子仰過來，四腳朝天地躺著。

「老伯伯，這是您的狗嗎？」

「剛剛從今天起，牠是我的了。」

「為什麼呢？」

「因為牠主人不要牠，我就要了。」

「真奇怪，為什麼好多人不喜歡狗呢？我爸爸那麼好，他偏偏也不喜歡狗。」

「你可以天天來跟小黃玩，就跟是你自己的狗一樣，過

一兩天，我還要帶牠打針去，牠肚子裡有蟲子。」

「打針要很多錢吧？」

「我有錢，本來打算買收音機的，現在不買了，先給小黃治病要緊。」

「老伯伯，您好好啊。」

「告訴你，多多，老伯伯沒有什麼旁的心願，就是願大家都過得快樂、健康。狗也是一樣，你懂嗎？」

「我懂，我現在要去撿紙片了。」

「你把皮鞋帶走，我不要你的錢，四塊錢也不要了。」

「真的？」

「老伯伯怎麼會騙你？」

「謝謝您，老伯伯，您真好，我下回在垃圾裡撿到好東西，一定送給您。」

多多接過修好的皮鞋，一跳一跳地先回地下室的家中去了。

天黑的時候，多多又來了。他的一隻手裡提著竹簍子，另一隻手裡拿著一瓶牛奶，懇求似的對老鞋匠說：「老伯伯，真對不起您，我把修皮鞋的四塊錢花掉了。」

「我不是說不要你的錢嗎？」

「我把皮鞋拿回去，爸爸說不能讓您白修，他給我四塊錢，讓我送來給您。可是，我花三塊錢買了一瓶牛奶，一塊錢買一個肉包子，給弟弟吃了。」

「弟弟？你還有弟弟？」

「您看，牠就是我的弟弟。」多多掏開竹簍子上面的碎紙；下面躺著一隻小花狗。牠在簍子裡搖搖晃晃的，舒服得睡著了。

「哦，你也有了一隻小狗，牠叫弟弟，那麼小黄就是牠的哥哥囉。」

「可是爸爸不會讓我養在家裡的，所以我想求求您，晚上我把牠放在您這裡，跟小黃作伴。」

「好好。可是牠還小，會亂跑的。你得把簍子也留下。就讓牠在簍子裡呆著吧。」

多多連忙把簍子放下，小花狗汪汪地叫起來了。小黃聽到了，馬上跑過去，把嘴巴伸到簍子裡去嗅牠，小花狗在簍子裡高興得團團轉，伸著小爪子抓小黃狗，牠是不願呆在簍子裡的。多多摸牠的頭說：「你乖乖地在這兒，我明天來帶你上街。」

他又對老鞋匠說：「老伯伯，牛奶分一半給小黃吃，我回去就拿飯菜給弟弟。」多多放下奶瓶，興高采烈地走了。他一下子就找到寄放弟弟的地方，怎麼能不高興呢？

老鞋匠望著多多小小的背影，不由得從心裡笑出來。這孩子真可愛，我得勸勸他爸爸，准許他養狗。

多多白天背著小花狗弟弟一同去小巷撿紙片，晚上就把牠送到老鞋匠的油布棚下過夜。這樣過了兩天，老鞋匠看著多多眉清目秀的，想想這孩子怎麼不上學呢？

於是他決定要去看多多的爸爸，勸他別再讓多多撿紙片，該讓他上學才對。他吃過晚飯，收了攤子，牽著小黃與小花，就照著多多說的方向，找到多多爸爸住的地下室。

住在那兒的老張，忙完一天的清潔工作，剛煮好了一鍋綠豆稀飯，買了半個鍋餅，一包油炸花生米，正坐下來和多多好好享受呢。多多一眼看見老鞋匠牽著兩隻狗在門外張望，心裡暗暗吃驚，是不是他不願意照顧他的弟弟了呢？為什麼他會到這裡來？他連忙起來喊老伯伯，老張也走了出來。

「我是來找多多的。我就在那巷口擺著修理皮鞋的攤子，我叫陳福。」老鞋匠說。

「多多，是不是你欠老伯伯的錢？」老張大聲地問。

「沒有，不是的，老伯伯說過不要我的錢。」

「那麼我給你的四塊錢呢？」

「爸爸，請您不要生氣，我花了，我……」多多口吃地說。

「你放心，多多不會亂花錢的，他買了牛奶和肉包子給他弟弟吃了。」老鞋匠代他說了。

「弟弟？你哪來的弟弟？」

「就是牠。」多多抱起正向他撲來的小花狗。

「是你送他的嗎？」老張問陳福。

「是多多撿來的，跟我這隻小黃一樣，都是沒主兒的，好可憐。多多那麼疼牠，你就讓他養吧。」老鞋匠代多多懇求。

「我並不是不讓他養，我是要讓他從這半年起上學，一心讀書，紙片不再撿，狗也不要養。」

「爸爸，狗會送我上學，接我回家，晚上陪我讀書，牠陪我讀書，我越會專心。」多多央求道。

「你聽他說得多有道理！你還是答應才對。」

「老陳，你是不知道，這孩子太喜歡小動物，喜歡得太過份了。幾個月前跑來一隻野貓，他就天天餵牠，把牠慣得不得了，有一回，把我整條魚都偷吃了，被我一下子趕走，再也不來了。他為那隻野貓噘了好幾天嘴。我氣起來說：『以後就是不讓你養貓養狗。』」老張說是這麼說，可是臉上一點也沒生氣的樣子，老鞋匠就知道他絕不會讓多多失望的，就趁勢說：

「老張，你看我這隻小黃也是剛收留的。小動物沒人疼，也跟沒爹娘的孩子似的，好可憐。」

「老陳，你那麼點地方，透風漏雨的，怎麼養狗呢？」

「不要緊。我都不怕淋雨，牠還怕嗎？總比牠白天黑夜在路上跑的好。」

這話可說動了老張的心，他想想自己住在這座安安穩穩的地下室裡，比老鞋匠幾片油布不知強到哪兒去了，不讓小花狗呆下來，可真說不過去。何況多多那麼愛牠，凡是能使多多快樂的事，他是沒有不答應的。他看小花狗抱在多多懷裡，得意地搖著尾巴，伸著小舌頭舔他的臉，不由得伸手摸

摸小花，眼睛看著乖乖兒坐在地上的小黃說：

「老陳，我這兒地方夠大的，你索性也來同住，咱們老哥兒倆有個伴兒，兩隻狗也有個伴兒，多多不是更高興嗎？」

還不等陳福回答，多多就跳起來說：「太好了，老伯伯，您今晚就來。我替您搬東西去。」

老鞋匠是多麼高興聽到這句話啊，他不是也想著能來這兒住嗎？可是他不好意思地說：「這是公家的地方，我怎麼可以來住呢？」

「不要緊，我只要跟管理處說一聲，有個好朋友來一起住，他們會答應的，你那個地方颱風來了怎麼辦？我聽收音機說又有一個颱風要來了。」

「老伯伯，您就來住嘛。白天爸爸上工，我上學，您帶著小黃和弟弟。」

老鞋匠打從心裡感激老張父子倆，也打從心裡高興，他決心把攤子挪到這邊來。從此以後，他再也不用愁風愁雨，他再也不是個孤獨的老鞋匠了。

「老張，你真好，已經想到讓多多上學，我原是為提醒你這件事來的，沒想到倒給自己找了個暖烘烘的窩。這世界上真是到處都有好心的人。」

弟弟從多多身上跳下來，跟小黃扭作一團，牠咬牠的耳朵，牠啣牠的尾巴。牠們沒想到自己還是這個家裡的重要分子呢。

收音機裡播出颱風消息，說颱風可能會在本省東南部登陸，老張說：「你聽，真有颱風。老陳，你快把攤子搬過來，我們去幫你。」

老鞋匠呆呆地站著，老花眼笑咪咪地望著小黃。

「老伯伯，您在想什麼呀？您不願意搬來嗎？」多多著

急地問。

「我打算馬上帶小黃去看醫生，打掉牠肚子裡的蟲子，我還想買點牛肉給小黃哥哥和小花弟弟補一下。等颱風過了，你幫我給牠們哥兒倆洗個澡。」

「好，老伯伯，我好開心啊！我們一家五口，好熱鬧啊！」多多開心地跳著。

「對了，一家五口，三人兩狗。」老張哈哈大笑起來。

老鞋匠也大笑起來。小黃和小花也汪汪地又叫又跳，多多一手一個把牠們抱起來，一邊一個親著牠們的臉說：「乖

乖，你們都得喊我大哥哥喲。」

小黃用舌頭舔他的臉，小花伏在他頸邊，小鼻子只是聞他的下巴。多多的小心靈裡，幸福漲得滿滿的。老鞋匠和老張默默地對望著，他們都感到，世上再沒有比他們一家五口更溫暖更快樂的了。

紅紗燈

琦君／著

記憶中一盞古樸的紅紗燈，那是紮紮實實的希望暖光；綿綿溫暖之中的淡淡苦澀，那是心心念念的鄉愁氤氳。數十年的生活經歷、歡樂哀傷，似乎都被記憶裡古樸的紅紗燈，凝縮在溫馨的燈暈中。年光流逝，歲月不再重來，只能再次回顧，你是否也同樣忘不了故人舊事，密密匝匝縈繞於心的過往點滴？請您一同踏入琦君的世界，與她一起在昏黃的暖光中，細細回味過往。且讓我們在煦暖的燈下，與琦君來一場心靈的對晤。

琦君說童年

琦君／著

歲月逝去，不會再回來；青鬢成絲，不會再年少。

每個人都有童年，不管是苦是樂，回憶起來都是甜美的。善於說故事的琦君，與您一起分享她魂牽夢縈的故鄉與童年。書中有她家鄉的人物、生活和風光，也有好聽的神話和歷史故事。篇篇真摯感人，字裡行間充滿了愛心與情義，在欣賞琦君的散文之餘，更別有一番溫馨感受。

讀書與生活

琦君／著

本書分為兩輯，上輯為讀書隨筆，為琦君對文學經典的所思所感，她以細膩溫厚的筆觸，帶領讀者優游於浩瀚書海中，開啟讀者更多元多樣的觀點；下輯為生活雜感，從愛貓至愛子，從旅遊趣事到故鄉情思，不論是敘事或抒情，在琦君筆下如重拾一本舊相簿，溫柔輕緩地訴說那些歲月與單純而美好的回憶。

琦君小品

琦君／著

琦君的作品向以溫暖敦厚著稱，這本小品文集，內容包含了她各式各樣的創作形式：清新流暢的散文，記錄了對生活的回憶與雜感；精緻細膩的「小小說」，是作者最鍾愛的短篇作品；情韻兼備的填詞創作，充分展現了她深厚的國學涵養；讀書與寫作經驗談，則可一窺其內斂成熟的寫作技巧。就像品嘗一碟爽口的小菜，帶給您清淡恬雅的心靈享受。

三民網路書店 會員

獨享好康 大放送

通關密碼：A1423

憑通關密碼

登入就送100元e-coupon。

(使用方式請參閱三民網路書店之公告)

生日快樂

生日當月送購書禮金200元。

(使用方式請參閱三民網路書店之公告)

好康多多

購書享3%~6%紅利積點。

消費滿350元超商取書免運費。

電子報通知優惠及新書訊息。

三民網路書店

www.sanmin.com.tw

超過百萬種繁、簡體書、原文書5折起

國家圖書館出版品預行編目資料

賣牛記／琦君著;田園圖.——二版一刷.——臺北市:
三民，2022
面;　公分.——（輯+）

ISBN 978-957-14-7332-1 （平裝）

863.596　　110018045

輯+

賣牛記

作　者	琦　君
繪　圖	田　原
發 行 人	劉振強
出 版 者	三民書局股份有限公司
地　址	臺北市復興北路 386 號 (復北門市) 臺北市重慶南路一段 61 號 (重南門市)
電　話	(02)25006600
網　址	三民網路書店 https://www.sanmin.com.tw
出版日期	初版一刷 2004 年 8 月 初版五刷 2011 年 1 月 二版一刷 2022 年 1 月
書籍編號	S856700
I S B N	978-957-14-7332-1

著作權所有，侵害必究
※ 本書如有缺頁、破損或裝訂錯誤，請寄回敝局更換。

三民書局